燕赵文艺名家丛书·文学

那些年 那些人 那些事

边国政短诗选

边国政 著

河北出版传媒集团

河北教育出版社

图书在版编目（ＣＩＰ）数据

那些年，那些人，那些事 : 边国政短诗选 / 边国政
著 . -- 石家庄 : 河北教育出版社, 2025.3. -- （燕赵
文艺名家丛书：文学). -- ISBN 978-7-5545-9103-1

Ⅰ . I227

中国国家版本馆 CIP 数据核字第 2025HM7458 号

燕赵文艺名家丛书·文学

那些年，那些人，那些事——边国政短诗选
NAXIENIAN，NAXIEREN，NAXIESHI——BIAN GUOZHENG DUANSHI XUAN

作　者	边国政
出 版 人	董素山
选题策划	汪雅瑛
责任编辑	王　景　张海龙
特约编辑	赵鑫雅
装帧设计	郝　旭
出版发行	河北出版传媒集团

河北教育出版社 http://www.hbep.com
（石家庄市联盟路 705 号，050061）

印　制	石家庄名伦印刷有限公司
开　本	787 mm×1092 mm　　1/16
印　张	17.75
字　数	236 千字
版　次	2025 年 3 月第 1 版
印　次	2025 年 3 月第 1 次印刷
书　号	ISBN 978-7-5545-9103-1
定　价	88.00 元

序言

文化兴则国家兴，文化强则民族强。燕赵文化源远流长、博大精深，形成了慷慨悲歌的燕赵精神，孕育了灿若星河的文艺名家。他们立时代之潮头、发时代之先声，传承着河北文艺的优良传统，书写和记录着人民的伟大实践，为河北文化事业的繁荣发展做出了巨大贡献。

星河灿烂，艺道日新。为了继承和发扬老一辈文艺名家的宝贵精神，发挥好他们在文艺创作道路上的"传帮带"作用，推动文艺繁荣发展，河北省坚持以习近平文化思想为指导，组织实施了文艺名家推出工程、中青年文艺人才"秀林计划"、文艺后备人才"春苗行动"、文艺名家情系河北"故乡创作计划"，通过每年为文艺名家出版专著、召开研讨会、成立工作室等方式，支持名家开展创作、发展事业，鼓励名家收徒传艺、扶携后辈，勉励新一代文艺工作者见贤思齐、接续奋斗，努力形成河北文艺事业长江后浪推前浪的生动局面，构建"老中青梯次衔接、省内外交相辉映"的人才格局。

作为文艺名家推出工程的重要内容，省委宣传部会同省文联、省作协开展了"燕赵文艺名家丛书"的编辑出版工作，按照"一人一书"的原则，为我省文艺名家出版作品集或个人专著，集中展示文艺名家的创作历程、

那些年，那些人，那些事 边国政短诗选

1

奋斗精神和创作成果，强化文艺名家的行业引领效应，带领人才成长、带动文艺事业发展。首批文艺名家包括张峻、尧山壁、封秋昌、蔡子谔、刘小放、边国政、梅洁、刘家科、何玉茹、傅剑仁、谈歌等 11 位著名作家，以及边发吉、旭宇、郑一民、铁扬、孙德民、曹贤邦、刘瑞新等 7 位著名艺术家。

择一事，终一生。这 18 位著名作家、艺术家，是河北文艺发展的实践者和见证人，代表着一个时代的文艺水平和精神。他们用一生的文艺实践，走出了一条扎根时代、扎根人民的创作之路；他们用无愧时代的精品，绘就了欣欣向荣的文艺画卷；他们用发自内心的真诚和热爱，传递了生生不息的文艺薪火。全省广大文艺工作者要以名家为榜样，不忘初心、牢记使命，不负时代、不负人民，创作更多思想精深、艺术精湛、制作精良的优秀作品，热忱描绘新时代新征程的恢宏气象，书写生生不息的人民史诗，奋力攀登新时代文艺新高峰！

编委会

2024 年 9 月

目 录

第一辑　边家窝棚

那些年，那些人，那些事　边国政短诗选

那些年，那些人，那些事　边国政短诗选

第四辑 我和你的日子

那些年，那些人，那些事 边国政短诗选

第五辑　清华岁月

第六辑 北戴河，北戴河

那些年，那些人，那些事　边国政短诗选

第七辑　渐行渐远的背影

第八辑　昆明的云

那些年，那些人，那些事　边国政短诗选

第九辑 未可遗忘之诗

那些年，那些人，那些事 边国政短诗选

第一辑　边家窝棚

我

大块的混沌称为宇宙

宇宙有无数个银河系

银河系有无数太阳系

太阳系有颗行星叫地球

地球上有七大洋五大洲

最大的一块是亚洲

亚洲最大的国家是中国

东北平原有个村子叫边家窝棚

村里有一个两岁的男孩叫边国政

1946年一场传染病夺走他的父母

他还没有断奶却找不到乳房

他挥舞小手蹬着小腿号哭

故　乡

出铁岭县城北门

过辽河双安桥往西

经双井镇到边家窝棚

一天的路程六十华里

我曾祖带着三儿两女闯关东

在此处垦荒，搭最初的窝棚

我出生时祖父辈都已故去

三位伯父，十位叔父

十几个堂弟，堂兄

而今，我也熬成曾祖

边家窝棚，早已改成水田

街道房舍，早不是当年风景

记忆的碎片

重病的母亲用无力的手
把我从胸脯上推开
吸不出奶水了，从此
再不能把她依赖

母亲走了，与爹同一个月
都走了。传染病，人祸天灾
找不到那双乳房了
像小羊小猪小狗，我哭闹
命运为何要这样安排

爹没了，娘没了，永远
孤独成了甩不掉的影子
前世做了什么孽啊，老天

该死的是我

爹娘去世的时候

大哥二哥已经成家

三姐刚刚定亲

大姐二姐早已出嫁

大嫂的第三个孩子

还在吃奶，是个女娃

我哭闹厉害时

大嫂用她奶水喂我

我用力吮吸，把她当成妈

算命的摸过我的脑袋

说我命硬，克死了父母

我有罪，我该当受罚

裸　泳

东大坑，常年积水
南北长八丈，东西宽两丈
南岸临街，北有狐仙堂
学会游泳那年我五岁

南边水深齐腰，北边能没顶
谁游到北岸，回来就成英雄
在水里，我们都是光腚
上岸，就浑身涂稀泥
怕树丛后丫头片子的眼睛

那年月，在我们乡下裸泳
不是贬义词，很正常
穿衣服下水才有病

游　泳

五岁，我学会游泳
在老家，在东大坑
狗刨式——双手划水
两脚一扑腾，一扑腾

节奏感很强——扑腾腾
波及面很广——扑腾腾
自以为很快——扑腾腾
呛几口水，咽下去，忍着
喜欢水花四溅，前浪后涌

扑腾腾，成了我生命的节奏
当了诗人以后，在锦衣华服的诗坛
我依旧赤条条的——扑腾腾

钓　鱼

今生只有一次钓鱼
今生只钓得一条鱼
一条让我难忘的鱼
一条让我负罪的鱼

在村西的西淀子
我第一次钓鱼
两袋烟的工夫
浮标动了，起钓
于是见到了你

一条漂亮的鲇鱼
害你的不是蚯蚓，是我
从此我没再钓鱼

西大坑

西大坑比东大坑大
不沤麻的年份能摸到鱼虾
西大坑被三家窗户围观
不是我们光腚党的天下

那年，七叔雇我们给他运麻
他说麻少，不值当雇车马
不到一里地，每人十捆
挣了五毛钱，平生第一次
自己挣的钱，舍不得花

腰酸背痛，龇牙咧嘴地
忍了，那时还没听说过
劳动最光荣，最伟大

鬼 火

在村东坟头的方向
碰巧是无风的晚上
能看到几个跳动的火团
闪烁神秘而恐怖的光

鬼火，确实是亲眼所见
听说有人碰到鬼打墙
跳大神的能替死人说话
还有死后复生，小鬼错捕
发现后无罪释放

阴曹地府，我希望
住着所有死去的人
住着我的爹和娘

井 沿

全村只有东西两口水井
东头的在我家院外路旁
麻石凿的马槽井口
与街道隔着三丈高的白杨

井沿像驿站也像茶馆
流言蜚语在这里发酵
偶尔路过的人在此饮马
带来些远远近近的闲话
谁家猪被雷劈，哪里狼被狗咬

当着孩子
不能讲
那些荤话

旁　听

边家窝棚北边二里之外
有个大点的村子，李家窝棚
李家窝棚有个小学
学校只有一间教室，一个先生

我也屁颠屁颠地上学了
不是正式的，是旁听
不用答问，不用交作业
别说话，别捣乱就行
老师不知道，他讲的我都懂

黑板上的字，我记住了
什么天地人，雨雪风
什么水火土，黑白红

坏　人

那年我八岁，醒来时
在大嫂怀里，院里喊声一片
有人放火了，东厢房外
柴火垛，火光冲天

那是一冬的烧柴呵
救火如救人
不用招呼，不用谁喊
能动的都来了，大叔大婶
能用的都用了，水桶扁担

那天我第一次听说坏人
坏人，用一根火柴
惊了我的梦，让全村人失眠

旋 风

旋风旋风你是鬼

三把镰刀砍你腿

一喊，旋风就跑得很远

没有脚，也看不见腿

那次我们正割猪草

每人手里一把镰刀

忽然树间起一股旋风

五六把镰刀先后抛出

旋风，看你往哪儿跑

没有血，没听见喊叫

我问：砍到了吗

旋风卷起树叶，哗哗地笑

那些年，那些人，那些事 边国政短诗选

"叫花子"

"叫花子"不叫乞丐
在东北，既形象又直白
他们总在冬闲时行乞
破袄不补，故意让棉花盛开

既不拿瓢也不端碗
而是拎一条麻袋
东家几穗棒子，西家几个豆包
热乎得活像走亲戚
对谁都不见外

过了正月初五
嫂子开始念叨
"花子"呢？咋还不来

花子邢

常来我们村的乞丐
人称花子邢
不剃须，不洗脸
看不出年龄

每年正月来一次，不来时
不知干什么营生
方圆二十里是他的地盘
每村一麻袋
足够他饱一冬

青黄不接时，发现
我与花子邢的区别
只是身上多几块补丁

七　婶

还记得七婶的模样

细长的眼睛入鬓的眉

头发总像刚刚梳过

油光水滑，没有星点儿灰

喜欢让她捏捏肩膀摸摸脑袋

十根手指细长，又软又白

说话细声细气，笑也抿嘴轻声

两个儿子都在城里工作

靠七婶调教，有出息，有能耐

同样生在穷乡僻壤

有人是刘姥姥转世

有人是林黛玉投胎

老李三嫂

回乡的日子

没见三嫂闲过

三口之家，竟有

干不完的活

三嫂人高脚大

走路风风火火

喂鸡喂猪洗衣做饭

剥棒子，纳鞋底，闲着

不知道手往哪儿搁

对三哥，像伺候一尊佛

三哥坐炕上吃饭，她站在

地下，添饭递水，从来不上桌

那些年，那些人，那些事　边国政短诗选

老李三哥

三哥是我爹姑母的孙子
管我爹叫舅，是我表哥
年幼时被我家收养
土改时说他是长工，被剥削

三哥一天说不上三句话
这样的人不多，在我们东北
三嫂一辈子没生养
一辈子两人没吵过架
一辈子男主外，女主内

收养个闺女嫁了，如泼出去的水
那一年两口子脚跟脚病亡
都没活过七十岁

王二叔

王家也是村里的老户
村东头两个相邻的院子
住着四兄弟，他们的
某位奶奶是边家人的姑

老大不知所终，老二终身未娶
王二叔会打卦算命
会点穴治病，驱鬼画符
瘟鸡瘟鸭都敢吃
他说百毒不侵靠功夫

谁家有红白喜事
缺不了他，王二叔，十里八乡
神仙一样的人物

那些年，那些人，那些事 边国政短诗选

王五叔

村里的男人互相剃头

只有王五叔去镇上理发

热天他穿件针织白背心

别人赤膊或披件小褂

不种地，不盖房，不娶婆娘

有时很阔绰，有时

手头紧，挨家挨户借粮

时而几天不见人影

不知在外面整什么名堂

兔子不吃窝边草

常常大人接过他的洋烟

背过身，叫闺女别吃他给的糖

自尊需要喂养

他们都喊我老叔
比我年岁大的也得喊
都是姓边的同族
辈分就不可论错

老叔该有老叔的样子
热天，他们能一丝不挂
我不能，哪怕裤衩很破
谁拿了好吃的，我不去抢
别的小辈抢了给我

推不掉，躲不开的辈分
拘我，束我，像一条
看不见的绳索

老　宅

老宅其实不能算老
和其他的宅院一样
当村子拆掉窝棚时
同姓人相帮着建造

窗台以下石砌
以上用土坯
用厚厚的麦秸铺顶
进门是灶间
拐进去是卧室

卧室三间贯通
南北两铺大炕
挤一挤，能睡一个排的兵

奔　头

村里人的奔头
就是和邻家比
女人比灶台针线
男人比两膀子力气

比地里的禾苗隔夜长一寸
比补丁的针脚又匀又密
比谁生的孩子鼻高眼大
比谁家的母猪下崽多
比谁家的水缸从不见底

七婶家的母鸡
下了个双黄蛋，老太太
从七月十五说到八月初一

慢节奏生活

农村的活计
年年是那一套
男人春种秋收
孩子拾粪割草

老娘们飞短流长
大姑娘比美比俏
货郎担的吆喝
拨浪鼓一响
争先恐后往村口跑

最快活是猫冬的长夜
吸着烟袋，围着火盆
山南海北地神聊

燕赵文艺名家丛书·文学

土改之一

父母故去的第二年
村里来了土改的工作队
调查来调查去
评定我家为小地主

介乎地主和富农之间
小地主
是东北土改的创新
土地数够不上地主
说老李三哥是长工

三哥什么也不懂
只是蹲在地上叹气
让按手印就按手印

那些年，那些人，那些事 边国政短诗选

土改之二

村里边姓人都有土地
我家的地没分到一亩
大部分都给了老李三哥
和两家前两年刚来的户

财产，除铺的盖的穿的
就那挂马车值钱
不好分给谁家
只能停在原来的车棚，算作公产
谁需要，可以租用，由三哥管

住着原来的屋，种着原来的地
赶着原来的车，三哥还是三哥
总是闷声不响地吸烟

土改之三

要分的还有衣物和房产
正房四间，东西厢房各三间
村里各家宅院相差无几
谈不上奢华和多占

正房分给两户外姓人
一户住南炕，一户住北炕
不到一年两户相继搬走了
说是出来进去的心里不踏实
总有人在背后指指点点

分出去的那些衣物，转天
都送了回来，工作队能待几天
婶子还是婶子，叔还是叔

逃　婚

父母在时，将三姐许给了杨家
那是个富户，杨家二小子
病秧子一个，骨瘦如柴
脸上还星星点点的麻

父母故去，忽一日三姐没了踪影
有人说去了沈阳，有人说铁岭
大人的事，我那时不懂
更不知三姐的大胆出走
她得到新生，也改了我的命

当时只看到，三姐不在
四姐、五姐、六姐无精打采
像找不见长官的兵

三　姐

三姐的一生是一部大书
可写千万言无一字虚妄
也可以浓缩成一个字
正面看是乐，反面是苦

解放前夕，她废了南下的机票
就是当牛做马
也要与没了父母的弟弟妹妹同槽
于是乡下来的八口人
挤进你家，八张嘴，由你一肩挑

一辈子含辛茹苦，从未屈服
不是一天两天，不是一年两年
你说这都是命，不是谁写的书

背井离乡

满天的星星跟着我走

我斜靠在包袱上

包袱在颠簸的车上

拉车的马勾着头

四周都是虫鸣，最响的是青蛙

一高二低，像招呼拉车的马

身后的村庄隐在薄雾里

渐远的狗吠也在喊我

走吧走吧，别忘了老家

半睡半醒的，不明白这是永别

别了土地，别了生我的老宅

别了东大坑，西淀子，六岁前的一切

过辽河

第一次过这么长的桥
第一次过这么宽的河
后来才知道这是双安桥
后来写过这是辽河

来也安，去也安，是谓双安
上也安，下也安，好个双安
涉水有桥之谓顺
桥曰双安是福兆
若是盲人瞎马，能否双安

我就是盲人瞎马，当年
只有六岁的孤儿，任凭
命运的鞭子驱赶

第二辑　民族街的孩子

穷孩子

民族街的孩子
一个比一个脏
民族街的孩子
一个比一个野

洗澡，春节前狠泡一次
洗脸，不是每天的作业
衣服上的补丁，谁也不比谁少
穷与富的区分
看夏天穿不穿鞋

有人捡菜叶，拾煤球
民族街的孩子
没一个偷窃

街上比家好

民族街的孩子喜欢民族街

喜欢民族街比家里宽敞明亮

放下碗筷就来到街上

丢开书本就来到街上

街上总有成群的伙伴

总有一场游戏正缺你

"小狗子，回家吃饭了"

喊一声你不理，喊三声你不理

"再不回来没饭了"

你不情愿地撒手，起身

别散啊，吃完饭再玩

小狗子，别做梦了，认输吧！你

肥司令

民族街的孩子都是小学生
还有拖鼻涕更小的跟屁虫
一上中学就全日制了
课业多了，没时间照旧疯

小学三年级，我成了孩子王
人称"肥司令"，叫起来当当响
我武功不行，以文才取胜
七嘴八舌时，我总能一言止沸
野外迷路时，我总能猜对方向

十几个毛孩子
是我手下的兵
一到了马路上只听我命令

武　德

民族街的孩子谁没打过架

不打架被看成孬种和熊包

打架时只能用拳脚，不许

用棍棒、砖头，更不能动刀

不许打脸，不许踢裆

不许揪头发，不许下嘴咬

打败了就要认输，不许找后账

丫头片子才会哭着告状

王八蛋才会传给学校

民族街的孩子没练过武功

小人书看多了，爱挥拳踢腿

打人或挨打都自认为英雄

小狗子

小狗子不是外号，是他小名
他父母这样叫他，我们
喊一声小狗子，他立马答应
上中学时才知道他叫郭永生

在民族街我只打过一架
对手就是与我同岁的郭永生
民族街孩子打架不论是非
只以结果论英雄
那次我胜了，成绩三比零

后来他参军了，在珍宝岛，光荣
你是民族的骄傲，敬礼
民族街的小狗子——郭永生

一朵云彩惹的祸

二哈和大武打了一架
起因是天上的一朵云彩
二哈说这朵云彩像狗
大武说看那尾巴像马

争来争去，大武挥了一拳
回了一脚，别小瞧二哈
你来我往，累得呼哧气喘
我们围成一圈起哄
有人喊像狗，有人喊像马

直到二人打累了，云彩也散了
从此二哈改称二狗
大武也有了外号——五马

走五道

也许就是五子棋
我们叫作走五道
打打杀杀玩累了
下棋可以健脑

横五道竖五道棋盘画好
拣五枚石子截五段树枝
顺线移子，交叉点落子
一方双子夹击叫抢刺
一方两子相连叫开炮

单子遇到双子即被拿下
一个子躲到最后难挽败局
一个兵落单了易被击杀

那些年，那些人，那些事　边国政短诗选

荣家小铺

荣家小铺在胡同对面楼下
前门朝大街，后门在胡同
一溜七八间屋子
前门是店，后门是家

老掌柜六七十岁
方头，大脸，那架势
这个小门脸盛不下
货品齐全，吃的、喝的、用的
过日子离不开的，要啥有啥

满族，旗人，姓荣，红楼梦
荣国府，老爷子外套里边
穿没穿黄马褂

荣毅宣

荣毅宣是荣掌柜大孙子
比我大五岁，是我师傅
我有两位师傅
另一位师傅姓王

荣是文师傅，我的头脑
王是武师傅，我的臂膀
荣师傅不是一般的头脑
整条民族街，所有象棋摊
他一律让对手或车或马或炮

就这样，那些棋赖子
以棋局赌钱时，还是
见了他就跑

荣师傅

荣师傅不教我下棋
他说，这玩意儿
太费神，学生不宜
他说读书才是正理

那一年荣家小铺公私合营
我师傅初中辍学当了工人
是不是收入减少，生活难继
是不是，是不是，是不是
没有谁知道，没有谁敢问

问也问不出难言之隐
民族街上，我们和荣家
敬的，不是一个神

衰 败

我离开沈阳时
荣家已经衰败
临街店面充公了
朝胡同的窗户终年不开

六二年，师傅在工位上猝死
心脏病突发，年不及三十
多好的荣家，多好的小铺
民族街的魂散了，心碎了
地也不悯，天也不慈

我常想师傅短短的一生
或许聪明太过了，或许
老天也嫉贤妒能

刘师傅

门前树上挂个旧轮胎

老远就知道这是修车铺

自行车、三轮车、手推车

什么车都难不倒刘师傅

刘师傅老辈子就修车

修伪满，修民国，修到解放后

把街角的地摊，修进车铺

老婆病故，闺女出嫁

身边的二小子跟他学技术

街上的车多了

店里的活多了

刘师傅很幸福

刘鼻涕

刘师傅的二小子

与我们般般大

没上学，跟他爹学徒

叫他流鼻涕，不喊他刘德发

最后碰到他不在车铺

修车摊又摆回原来的街角

他说新街区铺太贵

他说修车就是换零件

技术不技术的，用不着

民族街越修越宽

自行车越来越少，大街上

刘鼻涕遇见发展的烦恼

高自谦

高家离我家很近
阳台对着阳台
所谓鸡犬之声相闻
却极少极少往来

母亲高夫人是个人物
据说曾在某大学教书
父亲是军官，或战死
或流亡。高自谦是个另类
足不出户，不屑与我等为伍

不料，我考取清华以后
母子俩竟登门祝贺
敬的是清华，不是区区的我

二　哈

二哈不是一只小狗
是我的伙伴二柱
二柱总是睡不够
哈欠连哈欠打不住

晚上玩"官兵逮胡子"
他这个胡子总不露头
官兵和胡子都慌了，最后
在一个雪堆后面找到他
睡着，两行鼻涕冻成了冰溜

二哈长大参军了
汽车兵，八成又瞌睡了
人和车一起滚下了沟

两洞桥

两洞桥，两洞桥
我们的黄埔军校
不是那两个桥洞
是桥洞上面的铁道

两洞桥上有八条铁轨
往南通大连，通辽西，通关内
往北很简单，过桥就进沈阳站
我们是往北的常客，假期
更甚，不是隔三岔五，是每天

民族街的孩子，认钱
在火车扔下的垃圾里
除了烟头，什么都捡

拾煤核

煤核不是煤
是未烧透的炉渣
别小瞧这个营生
里头的学问很大

以沈阳为终点的车头
才会熄火倾倒炉灰
才能扒拉出未烧透的煤
还要看灰堆冒不冒蒸汽
知道倾倒前浇没浇水

二哈就出过一回洋相
他跳上一座不冒气的灰堆
鞋底冒烟，烫得他哭爹喊娘

劫掠车站

民族街的孩子，要脸
掉泪不说掉泪是沙眯眼
捡破烂不认捡破烂
拉起一支队伍叫寻宝团

火车倒下的垃圾全是宝
本地见不到的烟盒，我要
罐头筒汽水瓶，我要
运气好的时候，还有
未开封的糖块和吃剩的面包

肥司令定下的规矩
一切缴获要归公
从烟盒到金银珠宝（忍住别笑）

中山路体育场

民族街的孩子，不在乎门岗
看电影，看球赛，从不买票
有时往里混
有时往里闯

硬闯时需要人多，选二人
与检票员装疯卖傻，死缠
后边的一哄而上，硬闯
检票员东拉西扯，没辙
那二人也跑了，没人认账

一旦谁被抓住，无妨
牺牲我一个
幸福一大帮

为了足球

一切为了足球

捡破烂，换钱

攒钱，买自己的球

想踢就能踢个够

寻宝团好像着了魔

指甲大的玻璃也不放过

一天去两次两洞桥

捡废铜烂铁

忍着渴，忍着饿

这钱不能分，不能花

一切为了足球

民族街的孩子——怕啥

人的心思很奇怪

踢别人的球时，争啊抢啊
少踢一脚就心里不痛快
好像对于踢球特别热情
一个比一个更爱

现在自己有球，却不踢了
球放家里，让弟弟妹妹拍
集合练球时，三番五次喊他
请他，好像缺他这个鸡蛋
就做不成菜

二哈说，球在自个手里
急什么——你手里那半截粉笔
怎么比我这半截白

足球怎么分

不知谁起的头

寻宝团解散吧

足球队解散吧

七嘴八舌，各有各的理由

小皮球好分，每人一个

足球怎么分？谁说

学过孔融分梨

梨跟足球

不搭界

想不到二哈露了回脸

足球不用分，轮流保管

从司令开始，每人五天

球　迷

"泽尼特"是苏维埃的劲旅
"沈阳部队"是中国排头兵
强者对强者，硬碰硬
不看这场球——不行

别想混进去，别想闯进去，别想
岗哨林立，警察不是你的老乡
墙根居然有小洞，往下挖，挖
鼠洞也得钻
狗洞也得爬

中国足球，中国足球
何日能真正雄起
有望，已有了无畏的球迷

远　征

顺铁道往南得选日子

往南是野外，向往也恐惧

要晴天，不能带雨伞

半天不够用，得选星期日

随意地带点儿干粮

还有军用水壶、小刀

弹弓和竹剑，谁也没忘

还缺一瓶红药水

去找窦大夫，她肯帮忙

路上不要惹事，惹了就一起上

这是远征，每次都是探险

民族街的孩子——很棒

飞机场

飞机场是滑翔机场
只有一架教练机在跑道上
无法走近，不能去摸一摸
铁丝网，有持枪的站岗

每次远征的终点和压轴戏
就是远远地痴痴地张望
飞机，这就是天上的铁鸟
翅膀不动，怎么飞得起来
怎么飞得那么高？

忘了渴，忘了肚子咕咕叫
痴痴地做蓝天的梦
捉来的蟋蟀正落荒而逃

铁道游击队

年龄大了，个子高了
由小学升入初中
街坊称我名字了
没人再喊我"司令"

《铁道游击队》电影初映
票紧张，也舍不得花钱买
于是老套路，借树上墙
爬进厕所的小窗，大摇大摆
找个空位坐下，匪胆还在

散场时在灯光下，脸烫
一毛钱难倒英雄汉
真羡慕，老洪飞车搞机枪

书　铺

偶尔得到一分钱

不买糖，不买花生

叫上认字的大孩子

去租书看，他读我听

一分钱能租两本书

小人书，每页都有字有图

允许三个人一起看

反正屋里人也不多

看多久他也不管

荣师傅说书铺肯定不赚钱

是积德行善，你看那老掌柜

老君须，寿星眉，有几分仙风道骨

炮子坟

炮子坟是一座石塔
纪念什么"帝国之花"
我只知炮子坟很热闹
很像老北京的天桥

唱曲的卖艺的，我都不看
各种吃食摊更与我无缘
去了就直奔说书的场子
《西游》《水浒》《燕子李三》
台阶上一坐，一听半天

什么皇帝昏庸，奸臣当道
什么官逼民反，英雄落草
似懂非懂地跟着叫好

游泳池

体育场北邻是中山公园
游泳池在公园西南角
想游泳没钱买票，咋的
民族街的孩子难不倒

从家里出发时只穿泳裤
钻过铁丝网，就往水里跳
坐在高台上的救生员，干瞪眼
往池子里，再怎么仔细瞅
都是一起一伏的后脑勺

腿发软，肚子空，嘴唇乌青
在回家路上，丢人现眼
像落汤的鸡，拔了毛的鹰

买不买票

看电影不买票
看足球不买票
去游泳不买票
甚至坐火车也不买票

买不买票不只是钱的问题
兹事体大，有关民族街的荣誉
这是上一波孩子说的
不能到我们这坏了规矩
二哈觉得有理，我也觉得有理

跟别人都一样
多没劲儿呀
不合民族街的脾气

马路，是我们的操场

那时的民族街空空荡荡

没有汽车、自行车，行人也少

可以排兵步阵，可以疯跑

马路是我们的竞技场

踢盒子，官兵逮胡子

碰拐，踢球，骑马抢将

最高兴冬天下大雪

拉冰车、打雪仗、滚雪球

敢把雪人堆在路中央

偶尔过辆马车，雪弹齐发

逗得车老板下车追我们

看他在雪中一溜一滑跌跌撞撞

那些年，那些人，那些事　边国政短诗选

扇片技

片技（pia ji）是彩色的圆的图片

三分钱一张，每张十五枚

画的都是书里的人物

有《三国》的张飞，《水浒》李逵

约定每人出几枚，撂在一起

确定玩法：是煽撂还是抠底

用作工具的那枚叫大头

煽撂——掀翻几枚赢几枚

顶出底下那张，翻着，便通吃，叫抠底

二哈故意把袖子撕开

像扇子，一甩一股狂风

这家伙，打扑克也爱偷牌换牌

踢盒子

地上画个圈，放个罐头盒

竞杠——输的当看守

踢到盒子之前，被看守点名

就被俘，要等待解放

盒子一旦被成功踢出

俘虏便四散逃跑

如果只差最后一个在逃

你瞧看守紧张的样子

活像伏击老鼠的猫

荣师傅教我一个诀窍

当看守时要离盒子远一些

躲起来，把明哨变成暗哨

那些年，那些人，那些事 边国政短诗选

骑马抢将

每队至少四人
最强壮者当马
将军骑在马肩上
两个马童护驾

三条平行线是战场
在中间的线上厮杀
马与马头顶手推，将与将较劲
两个马童，双手不能离开自家的马
输——被推过底线，或将军坠马

常常是不分胜负，难解难分
最后都趴在地上大喘气
将不是将，马不是马

官兵逮胡子

是踢盒子的夜间版
人数平分为甲乙两队
甲队绞尽脑汁地藏
乙队挖空心思地追

抓几个俘虏之后，乙方全线退守
甲方不能再躲了，要设法营救
多数会自投罗网，偶尔的成功者
让乙方前功尽弃，又从零开始
玩到甲方只剩一个人，有好戏压轴

或反穿衣服，戴口罩蒙脸
或跟在行人身后，或装成跛子
谁有幸一战成功，便成为经典

那些年，那些人，那些事　边国政短诗选

竞　杠

石头、剪子、布
我们叫竞杠
谁都信竞杠
谁都服竞杠

只有一根冰棍
谁舔第一口——竞杠
铁蛋捡个玻璃球
大武说正是他丢的
到底归谁——竞杠

你不服我，他不服你
我不服他，众口难调时
需要一个权威——竞杠

粮店老王

晚上常凑在粮店门口
粮店的门灯比路灯亮
我们刚开玩粮店就关灯
结下梁子了——粮店老王

我们可不是好惹的
你碰上事儿了——老王
每晚聚在门口又喊又唱
全是顺口溜，全是老王
现编现喊，词儿我在行

第二天
被抓了现行
老王报警了

胜利路派出所

派出所我们很熟
别误会，不是常客
去两洞桥必经它门口
有时进去讨口水喝

这次王所长板起面孔
说事情很严重，不是小错是大错
"鼻涕"说嗓子痛，没跟着喊
"二哈"说刚刚睡醒，路过
我说，报告王所长，全都怪我

不是我仗义，不是我胆大
我知道眼前的王所长
是我武师傅的亲哥

我的处女作
——骂老王的顺口溜

其一

说老王，道老王

老王进城忘了娘

老王整天吃鱼肉

老娘在家喝米汤

其二

夜里开灯不睡觉

闭着眼睛想娘们

晚上偷偷喝小酒

白天上班装好人儿

其三

三角眼，鼓肚脐儿

圆圆的脑袋像鼓槌儿

晃晃荡荡敲不响

累的老王喝凉水儿

其四

说老王，道老王

老王鼻涕流得长

一流流到动物园

猴子是他丈母娘

其五
一二三，三二一
老王是个拖拉机
三二一，一二三
老王屁股冒黑烟
对着黑烟点个火
老王老王不是我

（碰到我们老王够倒霉的）

南　湖

冬天常去南湖，溜冰
南湖冰面又厚又平，热闹
冰车、冰滑子，都是自制的
民族街的孩子——手巧

有时单脚滑，有时双脚滑
有的学大人的样子，背手、弯腰
只是鞋底的家伙不争气
不是绑紧的麻绳断了
就是歪了木板上的铁条

到了冰上就别怕摔跤
狗啃就狗啃，马爬就马爬
疼还是不疼，咱自己知道

冰碉堡

堆出比大人还高的雪堆

挖进去，挖出够大的空间

朝马路方向挖三个枪眼

然后往雪堆反复泼水

冰碉堡冻硬了

当晚就验收

围着半截蜡烛

谁也不肯回家

冻得瑟瑟发抖

那就讨论，怎样轮班

和保护，冰碉堡

是我的司令部

溜冰上学

那年好大雪
冻了融，融了冻
马失蹄，人打滑
溜冰场变大街

我们乐坏了
可以溜冰上学
走路的接连跌跤
我们逞能了——尽管
滑起来歪歪斜斜

烂棉袄，破棉鞋
还是觉得冬天好玩
耐得脚冻肿，手冻裂

那些年，那些人，那些事　边国政短诗选

79

死亡的气味

他仰躺在台案上，台子很短
双腿垂地，报纸盖着脸
苍白的手抓住台边，像要坐起来
让谁给他点一支烟

是他，一米八的壮汉，上午还见过
骑着惹眼的摩托，穿着高筒皮靴
他的工作，用砂轮磨各种各样的铁
砂轮意外裂开，碎片击穿他脑袋
地上很大一滩，将凝未凝的血

王二叔说过，死人的身边有鬼
我觉得眼冒金星，耳朵嗡嗡响
跑出去很远，还是那股说不清的味

叫　魂

睡不着，怎么也睡不着
一闭眼就看见那一滩血
白天也不困，吓掉魂了
不能离人也不敢上街

三天如此，五天如此，叫魂吧
从出事的木棚叫到我家
三姐端碗水，手指沾水，弹洒
走一步喊我一声，她喊我答
"国政啊——回家""国政啊——回家"

丢了的魂儿真的溜了回来
能睡了，能吃了，还原那个我
没少一分聪明，没多一分傻

学习小组

日本人留下的洋房，"国军"住过
解放后，住军官或政府干部
崔旭亚家住二楼，宽敞、明亮
在穷孩子眼里，他家很富

崔旭亚，孔宪斌，王铁民
我们是一个学习小组
崔旭亚的母亲很慈祥
坐在屋角织毛线，任由
我们嬉笑、打闹，咋咋呼呼

上午在学校，下午在小组
写完作业就下楼踢球
流水的日子，很快乐、很幸福

又是足球

我们小组四个人
都是校队球员
每当集中练球
有男生女生围观

确实不简单
崔旭亚的头球
王铁民的飞脚
孔宪斌的盘带
看得人眼花缭乱

至于我，谦虚点说
队长嘛，十八般武艺
得样样俱全

有个姑娘叫李立

她四年级转来的
俩小辫，连衣裙，白鞋白袜
第一天就一点也不怯生
和女生们笑，还和男生搭话

还总是抢着答题
跟张国山争，跟我抢
有两次考试，甚至得了第一
鞋子一尘不染，总是很白
裙子有时黄有时紫有时绿

听说考上了钢铁学院
左想右想，都很难
把她和钢铁连在一起

老　朴

老朴是代课老师
四十多岁，多皱，显老
顶替我们的韩老师
活该她运气不好

我们在课桌下跺脚
埋下头齐声吹口哨
她找到我家诉苦、告状
二嫂说，朴老师很不容易
别再领着同学们闹

第二天，课堂恢复平静
她眼圈红了，从此
课上课下，没人再喊老朴

我与音乐有个死结

代课的音乐老师姓张
说是大学生，有点儿名堂
迎六一，要排练歌舞剧
剧情：小白兔、狐狸和狼

竟然不选我参加
竟然说我五音不全
哪次唱歌测验
我不是气宇轩昂
嗓音洪亮

我发誓不学歌，不唱歌
白痴，张老师
该死，音乐课

祖国的花朵

说我们是第二代
是祖国的花朵
我们的棉袄开花，
脚上的鞋常破

第一代不就是我爹么
我爹抽烟
我给他点火
我爹喝酒
我能躲就躲

我们居于民族街
我们疯跑，撒欢
我们贫穷，但是快乐

韩迪芳老师

别让我经过小学校
别让我看到这个字——韩
看到就想起，瞬间
感到你大手的温暖

一年三班，二年三班，三年三班
你说，不能陪你们升班了
教四年级，我文化不够
不，你的慈祥，你的关怀
你的爱，够我们一生消受

你已作古，我也到迟暮
如果天堂有小学，百年之后
我还要报名，入你那班

夏风杰老师

那时你已显几分苍老
发白，皱纹也爬上眼角
上课时取出眼镜，戴上
一下课又立刻摘掉

我们都认为你学问很大
语文数学你都能教
那回音乐老师没来
你代课，那架老掉牙的
风琴，你弹得有腔有调

毕业时，三十九中我不敢报
你戴上眼镜看我，像看个怪物
我说你行你准行，报，我打保票

第三辑　沈阳三十九中学

我的中学

沈阳市第三十九中学
伪满时，由倭人所建
校舍，按今天的标准
也是一流，设施一应俱全

三层教学楼，俯瞰是架飞机
门厅是机头，礼堂是机身，教室为两翼
机尾有办公室、教研室和医务室
有足球场、体育馆和标准游泳池
防空洞，伪装成假山，长满荆棘

初一二班，初二二班，初三二班
高一三班，高二三班，高三三班
六年，唯那防空洞与我无关

那些年，那些人，那些事 边国政短诗选

93

阅报栏

阅报栏，每天驻足之处
夏季在傍晚，冬季在中午
《辽宁日报》《沈阳日报》
正面看完看反面，兴味十足

必读头版，爱看副刊
剩下的随意浏览
开眼界，长知识
国内大事知八九
外国新闻得二三

冷天跺脚，雨天打伞
没带干粮时，读报
代替午餐

每天，擦肩而过

八点上课，我六点到校
南京路上，总碰见几个军人出操
领头的那个是雷锋
报纸上登过照片和报道

每天我匆匆赶路
他们一二三四地跑
很想迎面打个招呼
偶尔对他招一招手
他不停步，只对我笑笑

报纸上的介绍让我感动
忽然生出一个念头：请雷锋
给同学们做一次报告

雷锋，零距离接触

六三年，伟大领袖
尚未给雷锋题词
我请示校团委书记
请雷锋作报告，纪念"五四"

我请来雷锋，我主持大会
雷锋讲到母亲被害，悲极
一边哭，一边跺脚
台下静然，有人忍不住抽泣
化悲痛为力量，抱着肩膀耳语

向雷锋同志学习，七个大字
报告会那闪光的镜头
成为抹不去的记忆

我与雷锋共情

听过雷锋的报告，近距离
真的雷锋，活的雷锋
实实在在地言说
真真切切地感动

我也是孤儿，能与雷锋共情
因为受过苦，想扫除一切苦
得到太多爱，要奉献全部爱
看别人跌倒，好像伤的是自己
看别人扎针，比自己被扎还疼

每年三月五日，你被称颂
我想起的，总是那个
讲台上啜泣的雷锋

被迫学会喝酒

五九年，粮油开始定量
油票、肉票、布票和粮票
一张张不起眼的小纸片
比人民币还金贵还重要

刚开始，饭馆不要粮票
人们排长队，只买米饭
逼得饭馆只卖套餐
五两米饭，一盘菜，一碗
苹果酒，起步价——1.2 元

怎能舍得把酒剩下
皱着眉头喝干
有点儿烧，有点儿甜

不是幽默

不知为什么，情况越来越糟
班里近半数同学缺课，
体育课不上了，操场上
落叶和纸屑无人打扫

物理老师有气无力
化学老师直不起腰
动物课讲到青蛙
有人流了口水，有人问
能不能煮，能不能烤

最怕上植物课，怕听
高粱蒸透了酿酒
小麦怎样变成面包

我的计划经济

必须认真规划，兹事体大
怎样吃掉每月二十八斤粮票
别的同学都在家里搭伙
我是自己作主，自己承包

不吃，就粒米不进
吃，就吃个足饱
不吃时，路过食堂不扭头
转天吃掉两天的定量
总有顿饱饭在前边朝我笑

别人天天吃，顿顿吃不饱
今天吃不饱，明天吃不饱
后天，还是吃不饱

教育与劳动相结合

也许去过工厂干活，印象不深
不管是收玉米，还是割水稻
爱到农村劳动，尤爱秋收
伙食不限量，正好抢秋膘

最爱孤家子水稻研究所
用双手研究拔苗插秧锄草
肚子空时，欲望清正而无邪
不怕活计累
就怕吃不饱

有次给一家冷库搬苹果
不许吃，也不许往家带
走不稳，却把苹果踩

我与军舰擦肩而过

初三，部队到学校招兵
要十六岁男生，海军军官学校
每班初选十人，有我，想不到
大海是我的梦，心比浪高

在体育馆，初步检查身体
眼睛、耳朵、鼻子，脖颈和四肢
甚至脱光了，这敲敲，那看看
最后，只我一个人过关
心中窃喜

检出我的登记表，军官
眉头皱得老高，回去等通知吧
出身，又是"家庭出身"，挡了道

李秀农老师

语文课，从初一
逐年教我到高三
开讲，望着对面屋角
滔滔，从不看教案

未婚，只大我们几岁
没发过火，没训过谁
和我们不像师生
更像兄弟，像兄妹
逝去的岁月难追

吾师千古，不管是否有人记得
反正我们在这世上走过
有气息，有足迹，不是传说

那些年，那些人，那些事 边国政短诗选

姚　汉

忘谁也忘不了你，三年
我最好的朋友——姚汉
头硕而肤白，嘴阔额宽
未穿过棉服——在数九寒天

与苏联女生通信，用俄语
在友谊商店购物，用美元
集邮，收藏唱片、海报和贺卡
在东陵你家的别墅，钢琴
提琴、手风琴，让我们艳羡

成为诗人的应该是你
你对俄语过分着迷
对汉语有几分轻慢

刘国昌

人的笑，彰显性格

没见过你高声大笑

有时"嘿嘿"，有时"嘻嘻"

没见过你怒，没见过你恼

你是学习委员，功课很好

毕业时却主动放弃高考

学习侯隽、邢燕子，你们五个

到开原县八家子农村插队

你们的名字登上《辽宁日报》

后来又都先后返城，你们

经历了什么，当年的热情

是否，一直在燃烧

赵履阳

"三角"是你的外号
你是三角课代表
高中同班三年
记住了你的笑

笑起来眯眼，鼻梁起皱
说话声不大，笑起来音高
无聊时我们故意惹你
爱看你生气，拍桌子
眯着的眼睛瞪成三角

老实说，对你知之甚少
每人心里都有二维码
若非至交，不让你扫

新年联欢晚会

一九六四年，元旦
姚汉的手风琴
姚雪雁的女高音
最后一届联欢，盛况空前

压轴戏是朗诵剧
《祝愿理想成真》
教师、医生、记者、工程师
等等，我写的脚本
当然缺不了诗人

指鹿为马，张冠李戴
只有那个诗人"一语成谶"
心诚则灵或是上天的安排

青少年文化宫

七层大楼，是沈阳的地标
四面道路合围，像孤岛
平面投影为船形，像军舰
我的港湾、我的乐园、我的航标

四层是图书馆和阅览室
《诗刊》《人民文学》《人民画报》
《人民日报》《光明日报》
读诗歌，小说，杂文甚至社论
像狼见了肉，牛找到草

从家里步行十分钟可到
放假的日子，每天
两次三次往这儿跑

中午，新华书店

出学校后门，不远
是新华书店
全市最大的一家
可供我大餐

像饥饿的鱼游进大海
蹲着读，坐着读，站着读
课桌，是书店的玻璃柜台
狄更斯、巴尔扎克、雪莱
海涅、罗曼·罗兰、尼采

《唐璜》是馒头
《浮士德》是菜
喂不饱肚子，喂脑袋

自以为很牛

第二节课后，到操场做操
我总是第一个冲下楼，百米跑
一二三四，五六七八，认真做
举手投足，每一式每一招

全校运动会，参加三项比赛
手榴弹、三级跳远、跳高
三项全是第一名，若增设
足球、篮球和游泳
胜过我的人，怕也难找

木秀于林，仰望星辰北斗
三项竞技第一，学生会副主席
又是学霸，自以为很牛

告别中学

三十九中学，你好

我今日即将离校

初识时我十四，今年二十

我长高长大了，你永远不老

运动员的体魄

文学家的情怀

科学家的大脑

各位恩师的期望

学生谨记，不忘分毫

路很长，人生很短

朝这个方向走

向这个目标跑

老同学聚会

九四年，给我发了邀请
他们年年聚会，每年缺我
乘夜车到北京，打黑车奔机场
赶到母校时，大巴车已经点火

上车，逐一握手，逐一叫出姓名
只在一个女生面前顿住
"赵军英，302 医院护士长，中校"
赶忙说，你比当年更漂亮了
没敢认，她没恼，很高兴

相处两天，他们既熟悉
又陌生，河水流去了
桥，孤零零

第四辑 我和你的日子

有一个人在等我

公元一九四四年五月十八日
辽宁铁岭县边家窝棚村
我号叫着来到人间
拳打脚踢，号哭着很不情愿

两个哥哥，六个姐姐
我排行老九，不是
"老九不能走"的老九
两岁时父母相继亡故
眼睛饿蓝了，我也没走

好像知道，很远的地方
有一个人把我等待
我不能爽约，我要活下来

宿命，不是邂逅

你踏进门里的那一刻

吸引了满屋子的目光

舞蹈队的美女变暗了

十六岁的你——含苞欲放

1965 年 10 月 17 日，在清华北院

史诗雕塑剧《一二·九》排练场

我是诗作者，你来朗诵

你看我第一眼，我雷击而死

你看我第二眼，我触电还阳

我知道已经在劫难逃

在你清澈的眼眸里

我甘愿溺水而亡

凝眸

第一次看那双眼睛
看见我的整个世界
你的眼睛很大
我的世界很小

不错，有地球有太阳
还有更大的宇宙
这些都不重要
只有这一双眼睛
当与你对视的那一秒

哪怕是深渊
哪怕是黑洞
我也要往里跳

重庆·沙坪坝

故意快步走过你的身边
竖着耳朵听你喊我的名字
如若不喊，则此生错过
若喊，则你我有缘

故意与王醒民大声说话
要引起你注意
让你听见
"边国政！"立刻回头，作惊讶状
"王俊秀！这么巧"

重庆大吉大利
沙坪坝缘分不浅
谢谢，谢谢你——苍天

茅屋胡同一号

庭院不大
门楣不高
蓝色门牌上写着
茅屋胡同一号

这个路口我走过
在认识你之前
我与王有杰进城闲逛
门口台阶上坐个小男孩
我扭头多看了一眼

还就着水嘴喝了你家的水
茅屋胡同与边家窝棚
倒真是门当户对

31 路公交车

从平安里到中关村
经过清华南校门
那天，差一秒——若慢一秒
也许错过与你的婚姻

我跳上车，还未站稳！
"边国政！"你在座位上叫我
正好你身后有个空座
第一次挨你这么近
这么多话，一直说到下车

知道你住四号楼 102 室
我的宿舍能望见你的窗口
窗口亮灯时，可以联络

压马路

我们用双脚，丈量
北京的大街小巷
在你的导引下，我们
在你的领地放浪

颐和园，雍和宫，白塔寺
铁匠营，朝阳门，北官马司
灯市口，菜市口，交道口
南池子，南菜园，南锣鼓巷
不看路标，甘愿随你一起迷失

顶着烈日走，迎着风雨走
走着走着，你走进我的怀里
走着走着，我走进你的心里

北京有走不完的路

北京的大街很宽

北京的胡同很长

我俩是一对欢乐的鱼

交错纵横的街道是网

青年湖，团结湖，太平湖

五道口，三里河，六铺炕

五棵松，六部口，八王坟

虎坊桥，后门桥，东大桥

不乘公交车，偏用双脚丈量

你不累，我更不累

我的心狂跳

你的手滚烫

紫竹院

再也没有那样的紫竹院了
门常开，人迹罕至，汽车不吵
再也没有那样的两个人了
话不多，相视无语，紧紧拥抱

常常，我俩是公园唯一的游人
雪地只有两双歪斜的脚印
仰头满天星斗，不知今夕何年
好像天底下只有你和我
月亮很近，牵牛座很远

我的体温也是你的体温
焐热了身下的长椅
融化了彼此的心

豁　口

由张自忠路经交道口往北
经宽街往北，出豁口再往北
就到了我们的伊甸园
护城河，堤上有树，堤下没水

我烧成了一团
你软成了一堆
今天，在北京城郊
你不是羞怯的小姑娘
我学不成柳下惠

没有男欢女爱
哪有繁衍的人类
豁口，是对囚禁的突围

那块青石

沿着中南海高高的红墙
从新华门往西三百六十九步
两棵相邻的松下，一块青石
两个人挤坐着，很舒服

有时黄昏，有时午后，面向红墙
挤坐在青石上，后背给了长安街
给了公交车里和便道上各类目光
多想拥你在怀里，在腿上，不能
勾肩搭背，那年月，挨近了就是耍流氓

你想的事情我也想
你的心跳我数着呢
你的汗味儿很香

芳草地小学

北京"二·七"剧场，演出
《红色娘子军》芭蕾舞
看完天晚了，你无法回家
只好去芳草地小学，我住处

学校大门紧锁，我举你，你拉我
不是红杏出墙，是翻墙而入
你说我是蓄谋——我自己住一间屋
芳草地，这名字多好
芳草萋萋，红花娇娇

你非要学足尖点地
让我扶你，软软地
你跌入我的怀抱

磁　铁

你不知道自己是你
我不知道自己是我
天上的星宿跌下来
成为人间的过客

你是阴中之阴，女人中的女人
我是阳中之阳，男人中的男人
在天上，我们犯了一样的罪
我们放电，寻找丢失的一半
原本是块磁铁，你阴极，阳极是我

再也没什么能把我们分开
哪怕切成一毫米，一微米，一纳米
仍有一个阴极是你，阳极是我

难忘的日子

遇见你的日子
爱上你的日子
被你爱的日子
想忘也忘不掉

追你的日子真好
相爱的日子真好
每一天都值得纪念
每一天都是红烛
欢欢喜喜地燃烧

每一天都值得斟酒
你一口，我一口
从平静，到高潮

红灯照

给中央歌舞团写的脚本
歌舞剧，用诗歌串场
团里没有朗诵演员
请我在清华找人帮忙

排练很顺利，演出很成功
你和于子滢的朗诵，没叫我失望
"二·七"剧场，政协礼堂，民族文化宫
甚至演到天津，去参加南开大学
校庆，效果同样是叫好，鼓掌

在排练的日子，与你形影不离
从《一二·九》到《红灯照》
天遂人愿，顺理成章

多想有一个我们的窝

张家口的冬天
零下 20 度的严寒
多想有一个自己的窝
不用在街上让寒风刮脸

一间不用太大的小屋
没有暖气我们烧火炉
一张哪怕很窄的床
一张餐桌配两把椅子
一个衣架，床底下放书

不求再多了，此刻
想象的翅膀，已经
被塞北的严寒冻住

爱情的奥秘

读过爱情的各种文字
都未曾说透爱情的真谛
爱情，与其说爱那一个
不如说是爱自己

爱自己的第一次心动
爱自己的第一次出击
爱自己一诺终身
爱自己九死无悔
爱自己三生不移

那一个眼里你是唯一
那一个心里你无人可比
这，就是爱的结果

第五辑 清华岁月

高考第一天

千不该，万不该，可恶
的臭虫，不该在今夜咬我
明天是高考第一天，考语文物理
我紧张，你咬我，害我彻夜未眠

天亮后头昏脑胀
急得快哭了，在学校操场
无精打采地走进教室，坐下
好像被电了一下，好像大脑
和全身被水洗了一遍，立刻清爽

中午回家吃饭，又走回学校
下午的物理也考得很好
晚饭后立刻上床，沉入梦乡

填报高考志愿

最想读中国人民大学新闻系

最想毕业后当新华社记者

能及时采写天下大事

跑遍全中国甚至全世界

李老师：新闻系于你不妥

政治标准，你无法通过

求其次，能去北京就行

清华、北大，钢院、地院

十个志愿里，北京的九个

京外只填山东海洋学院

想的是不能进京，就下海

我爱海由来已久，并非喜欢海派

我爱的是高山大河

每人可以选十所大学
每校允许报三个专业
学校第一栏我填清华
水利系，思来想去选了它

不能学新闻，无法直达目标
只能绕道走，怎么绕已不重要
修水库必选在高山大河
哪怕最终成不了作家，这一生
有名山胜水相伴，也不枉走此一遭

误入红色工程师的摇篮
摇我的作家梦，诗人梦
经年，梦也未甘，醒也未甘

1965 年寒假

第一个假期，如何也要回家
哥哥姐姐惦念着，报个平安
没一个高中同学来看我
很意外，细想又理所当然

他们肯定被调查询问过
甚至被迫出过"证词证言"
有什么要紧，没落井下石就好
相信你们不会无中生有
事件结果，证实了我的推断

这个冬天，沈阳格外寒冷
雪花打在脸上，睁不开眼
如一万支利箭，把身体洞穿

文艺社团不简单

清华文艺社团不可小瞧

藏龙卧虎之地，美女帅哥不少

刘希拉的小提琴，吴婷莉的高音

都在国际比赛中拿过锦标

文艺社团的架构相当于文联

话剧队，评剧队，京剧队，曲艺队

军乐队，民乐队，合唱队，舞蹈队

甚至评弹队，舞台美工队，如果

有人提议，肯定缺不了"二人转"队

每个队分一线队员，二线队员

男生住二号楼，女生住四号楼，

集中吃，集中住，一线是骨干

航海队

没人鼓动，我自主加入航海队
一共二十人，不分一线二线
只分主力和替补，在比赛时
平时没区别，都在一起训练

所谓"航海"，就是划舢板
分四人四桨、六人六桨、八人八桨
我们练的是八人八桨
船上一共十个人，桨手之外
指挥控制节奏，舵手掌握方向

每年与北大有一次对抗赛
八人八桨，一般在五月四日
不在昆明湖，就在什刹海

于子滢

你本溪，我铁岭
我们都来自辽宁
你演男一号，我也演过
东北汉子，不是徒有其名

马雨农、王醒民，加上你和我
自嘲"四人帮"
最后一次见面在石家庄
你从本溪到我家住了一宿
究竟有什么事情，你始终未说

实在挂念，不知你晚景如何
那次在人大校外餐馆同桌的
金灿荣，你看人家现在多火

张国山

小学毕业后在清华碰见

你还是比我黑，个头比我猛

你是自动控制系——自九

我是水利工程系——水零

小学同班，排名上互为伯仲

毕业后你入省实验中学——保送

爹是酒厂的装卸工，你没娘

不止一次，吃过你蒸的窝窝头

你家的屋顶很矮，土炕很硬

实验中学在辽宁比重点还重

出身好，学习好，品行好

唯材是举，那时的风气很正

由上海到青岛

第一次海上航行
由上海到青岛
航程一天两夜
海轮东方红号

我们被安排在底舱
帆布展开的通铺，没有床
王醒民、马雨农和我
我的右边紧邻——难以置信
竟是北外的两位杭州姑娘

我只好把自己带的布单
借给她俩盖在身上
好挡住那些失眠的目光

你好，兄弟

站在甲板看星星甚至不用抬头
四面八方全是或明或暗的星斗
远处的星星在浪尖上跳舞
近处的如果想摘，只需一抬手

多么神奇，多么浩瀚的宇宙
肯定有一个星像我们的地球
有陆地，有海洋，海上有一艘船
船上有一个白衣少年，那少年
正仰头望天，眉头紧锁

你好
兄弟
你为什么发愁

电影制片厂

初到北影那天，院子里
崔巍和谢添在菜地锄草
两个老人汗流浃背
真想道一声"导演你好"

饭厅全是荧幕上的面孔
很像出席百部电影会演
这些卸了装的角色
如果走在大街上，也看不出
与普通百姓有什么不一样

说什么鲜花和毒草
谁没有被电影感动过
谁不曾在荧幕前脸热心跳

那些年，那些人，那些事　边国政短诗选

葛存壮

葛存壮是我们的常客
这个"大反派"却躲过浩劫
他演得越恶心越反动
越旗帜鲜明，立场正确

他本人却是个和事佬
几乎每天陪我们说笑
上身胯肩背心，下身短裤
手捧一杯冷茶，不像别的人
对我们不用正眼瞧

那时候不知道他儿子葛优
观其父能知其子，一开始就知道
葛优的天赋来自怎样的细胞

在中央戏剧学院

《电影批判》转成
《红卫兵文艺》编辑部
在南锣鼓巷棉花胡同
中央戏剧学院办公楼

往来有鸿儒，出入无白丁
小说家苏叔阳
钢琴家殷承宗
登门拜访，还有诗人
食指，当年叫郭路生

苏叔阳来过不止一次
后来的小说名家
当年是师范学院教师

陈愉庆

编辑部一共七八个人
来自清华、北大、人大
明瑞玉是四川妹子
陈愉庆是北大校花

后来读到陈的小说
知道她到了大连文联
与夫君合用笔名达理
写中篇也写短篇
一时间闻名华夏

王俊秀曾与陈在北京少年宫
参加建国十周年大会堂演出
人与人的交集，显得世界不大

郭路生

郭路生的来访颇为传奇
那晚只我一人在编辑部
五六个中学生不请自来
显然喝大了，咋咋呼呼

说是来推荐一个诗人
于是郭路生开始诵读
说是写给女友的情诗
女友的父亲是乌兰夫
诗都是普希金风格，很熟

郭路生缺半口下牙，读起来
口齿漏风，不过我也听清了
有几首是普希金原著

告别清华

这就算毕业了，离开清华
此前已经把行李寄走
没有仪式，没有校长讲话
我的去向是张家口

预订的专列走走停停
每次停靠就留下几个学生
看那孤单的背影在黑暗中隐去
感到一阵阵心里发紧，没人说话
或手不离书，或闭目养神

我忽然想起莱蒙托夫的诗句
你抛下了什么？在遥远的故地
你期待着什么？在陌生的渡口

第六辑　北戴河，北戴河

举办文学夏令营

或心血来潮，或蓄谋已久
要举办文学夏令营，在北戴河
夏令营是我少年时的缺憾
而大海是我对自由的寄托

尧山壁、刘新宗都表示支持
刘新宗在省教委主编《初中生周报》
中学生报刊的支持，绝不能少
于是拟宗旨，做规划，诸般准备
在全国各类报刊投送广告

87年9月随作协慰问老山前线
由昆明返程能经过好几个省会
瞌睡时送来枕头，运气真好

那些年，那些人，那些事 边国政短诗选

十三夜十二天

在昆明与山壁、逢阳分手
他俩经四川回石家庄
我要途经八九个省会
必须日夜兼程地走

昆明到贵阳停两夜一天
没办什么事，见见学长
贵阳到南宁停行一天
南宁到长沙行一天一夜
傍晚长沙，凌晨离开

接下来广州、武汉、南昌、南京、济南
十二天走了八个省会，而且下车办事
长沙、南京、南昌，结果令我欣慰

徐　棐

请我落座，给我端水
听我把请求讲完
儒雅、谦和、体贴
我忐忑的心被你温暖

甚至要留我午饭
不了，不了，夏令营再见
十几年，你年年赴约
给我支持，给我帮助
我欠你太多了——年年

南京，有多少胜景名人
古往今来，唯有你徐棐
种在我心里最深

三请王蒙先生

第一次登门，您不在，未见
第二次陈情，您答应了，甚喜
当天特意租了车去接您
夫人说您身体不适，对不起

第六届青少年文学夏令营
请您作为嘉宾，出席开幕式
每届如此，来过全国人大常委会副委员长
来过全国政协副主席，还有
作家马拉沁夫，诗人贺敬之

孩子们久仰先生大名
难得都在北戴河
却失之交臂

后　浪

半是诱惑，半是人情
甘愿受我的鼓动
来亲近大海，来助我
操办首届夏令营

缪哲，桑献凯，毛剑宾
穆涛，左春和，周力军
三十年后
令世人瞩目
多成为各方神圣

江山代有才人出
总是后浪推前浪
出于蓝者——是青

那些年，那些人，那些事 边国政短诗选

157

快乐就好

第一次让海风吹
第一次听浪花笑
大海，我们来了
脱去外衣，顿显十年少

为什么穆涛左颊红
缪哲被什么撞了腰
周力军领来的王海文
吊带裙太短
惹得男孩偷眼瞧

我也是，快乐就好
谢谢你们开了个好头
夏令营吉祥，我要

赵　利

那时你读高中二年
语轻话急像初中生
你特意到文联找我
学校有些不愉快的事情

还好，校长被我说动
接着考中戏、谈恋爱、嫁南京
该叫你赵教授了
想看看你局促的样子
怎面对学生的眼睛

不习惯你已经长大
总觉得你依然是那个
读高二的中学生

陈　捷

征文比赛多亏有你

夏令营活动多亏有你

北戴河难忘

大海铭记

一人干三个人的工作

参加成人高考，还要写稿

南京大学中文系本科

农村来的初中生，凭自强、自律

聘入江苏人民出版社

人生过半，未来可期

枕畔应有书难舍

手中怎停未尽笔

单文忠

是当文书的好料
却未能走得更高
对文字太认真了
写情书也保留底稿

能乐天知命，很好
多一念欲求
增一分烦恼
看天宇百翅竞飞
你立一片荷叶终老

能不能，大快朵颐
让瘦削的肚子
长几分膘

梁　剑

写别人一气呵成
写到你，几易其稿
因为身在此山中吗
写什么，怎样写才好

铸了一半的鼎
未铺到岸的桥
一本书还在构思
一柄利刃
只看见刀鞘

主题过于宏大
细节过于纷繁
须久久斟酌，推敲

程冰雪

对社会和时代能心中有数
知道自己的利器且用得娴熟
且不说胜能胜得多辉煌
冰雪聪明的你，肯定不会输

偶尔读到关于你的简介
那么多头衔，个个光彩夺目
文学界，学术界，金融界
需有多么强悍的翅膀
能在这样广阔的疆域翱翔

诗歌这汪水太窄太浅
你的志向和目标是大海
在海里弄一波更大的浪

胡双峰

那年春节，石家庄特大的雪
你突然独自远道来访我
害我从桥东步行到桥西
雪没双膝，一步一个脚窝

那年你十四岁，一个初中生
感动不是因为你背来的酒
而是你幼慧早熟，你的英勇
再来时，你高大俊朗又健壮
写诗、恋爱、经商，皆很成功

你长沙的饭店外形颇似白宫
更喜欢岳麓山上你的茶室
背靠书院，相望爱晚亭

陈渡风

先知道你的笔名寻梦
夏令营才见面，陈渡风
建议你别放弃高考
你信了，果然拿到文凭

你经营的天赋让我吃惊
也举办有声有色的夏令营
在上海，在北京，在长沙
你总能洞微先机，因势而起
一旦大势将去，便鸣金收兵

远行凭脚力，高飞趁好风
唯楚有材，湘客，向志柱
山珍，李颖，路云，雪野和寻梦

李　颖

夏令营你与梅花一个寝室

选稿时印象之深是你的字

打赌说这孩子肯定练过书法

果然是潇湘才女，藏在深闺人未识

一别三十年，女大十八变

变美的是容颜，增长的是学识

你的专栏，你的散文，你的随笔

气蒸云梦泽，波撼岳阳城

我与营友们一样骄傲，因为你

愿你的才思和文运如湘江

用岳麓山矜印

用洞庭湖润笔

梅　花

恰好姓了梅
随意叫了花
名如其人，人如其名
没一点儿攀附，半分儿自夸

黄山深谷的那株梅
伟人笔底的那树花
青松翠竹，白墙黛瓦
徽墨宣纸，蒸酒煮茶
缺了梅韵不成诗、不成画

梅花，你很配这个名字
且将瑞雪轻敷面
不妄东风第一枝

张　蕾

正好的年华
正好的容颜
北戴河，文学夏令营
青春如旭日，朝霞满天

看你撒娇的样子，能知道
你父亲多宠你，为你骄傲
芝麻没有开门，你给
带钥匙的有缘人
攒了多少珍宝

事业、财富、友情和爱情
该有的，你现在一样不少
遇见你真好，想起你真好

赵 昕

你到石家庄与我告别
要去福建，找一个火车上的邂逅
我用九十九句话拦你
你拒绝，你有一百个理由

真希望你成功，或者
撞了南墙，回头
做个好女儿好妻子好母亲
天下的路看似千万条
多少人都是这样在走

想起你为夏令营做的一切
此刻不管你能否听见
我郑重地说一声：谢谢

那些年，那些人，那些事
边国政短诗选

169

第七辑　渐行渐远的背影

冰　心

第一次吃了闭门羹

保姆说您身体不适

我留下书和名片

敏感的岁月，不宜见陌生人

第二天，电话说随时欢迎

第三天，由石家庄赶赴北京

交谈很亲切，无拘无束

给我的题词"宁静以致远"

理解您的深意，您的心情

小时候读过您的诗，您的散文

读墙上梁启超先生赠您的墨宝

今天的世纪老人，当年的巾帼才俊

艾　青

造访您三次，艾老
第一次就没客套
一句"随便坐"
我感到诚挚的友好

第三次印象最深
侧屋的门开着
电视亮着却未开灯
您在门背后，低头
坐一个小板凳

夫人和孩子在正厅打牌
您坐在黑影里在想什么
至今三十年了，我还在猜

丁力老师

八〇年，承德，中秋诗会
您全力否定"朦胧诗"
举顾城为例，嘲笑《眼睛》
我逞口舌之快，针锋相对

会场的温度降到冰点
面面相觑，缄口无言
田间老师主持会议
还有诗坛几位大佬
中午，您未下楼用餐

我错了，如果重新来过
不会改变，但是
会语气平和，言辞委婉

那些年，那些人，那些事　边国政短诗选

王燕生

我与年长者一向疏离

他们过于世故，过于老成

唯有你是例外

我的知己：燕生师，燕生兄

1978年，第一面在河北省文联

你从桂林诗会带来诗歌的春天

最后一面在京郊殡仪馆

你双唇紧闭，不再饮酒、不再吸烟

诗与远方，你走得比远方还远

有一句话在心里未曾坦白

你这个人，还有你的酒

比诗，比诗刊社更让我爱

刘根来

别人都说你高度近视

你戴一千八百度的眼镜

我说你千眼佛

目视不如心视，你心透明

眼镜厚如啤酒瓶底

隔着瓶底看世界

世界在瓶子里

如旋转的万花筒

你在瓶子之外，一清二白

而今你走了，没有了

那双浑浊却透彻的眼睛

这世界黑不是黑，白不是白

伊 蕾

你的一生就是一个劫数

正如你的飞升之地——冰岛

冻土环抱火山，冷和热

冰与火，相生相克、惊世骇俗

你全身心地爱过，被爱过

病魔斩断初恋，青春韶华

多少年，你摘下脸上的凄苦

那个男人留下的深渊

全天下的男人也不能填补

你自己就是一首诗

比你所有的文字

更耐品，耐读

姚振涵

姚爷姚爷，你在天堂还好吗
残疾证阴阳两界通用吗
听不见你那石破天惊的吆喝
如今华北平原很寂寞

终于卸下背上沉重的诗囊
双腿也变得健壮而修长
身边围着比李明瑞还美的女子
他们捧着诗集求你签名
你的笑再没有苦涩只有阳光

还是那句千年以前的提醒
水深波浪阔
无使蛟龙得

王洪涛

茶还在，烟还在，音容还在
阴阳相隔，已逾十数载
你在天堂能饮么？今夜
陪我无眠，浮一大白

我的第一首诗由你选中签发
传统的说法是"知遇之恩"
你的为人，你的好，都在诗外
今夜想你，写你与诗无关
桩桩事事的好，难以忘怀

你我都不是写诗的天才
却非要搜肠刮肚呕心沥血
抢这顶荆冠戴

陈　超

也曾隔三岔五地聚首
一起海阔天空地吹牛
那时的你，一个快乐的家伙
能豪饮，也常开怀大笑

曾几何时，你我渐渐地远了
是在我搁笔之后
离诗，离诗坛远了
是你愈发高蹈的诗论
离我的观念远了

生前之灿烂，身后之哀荣
都在霍俊明写的评传里
陈超啊陈超，一路走好

张庆田

人们都叫你"老坚决"
你也总是有叫必答
总是坚决地坚定地
指鹿为鹿，指马为马

你对下属都不差
兔入兔笼，鸡上鸡架
敬你服你不是怕
自古文人相轻
最难当，作协这个家

同赴一场假面舞会
卸下面具之后
鹿还是鹿，马还是马

张国明

初识在当年的老山前线
小城的热情被战火点燃
你是东道主，我们是客
超规格接待，茅台酒加红塔山

你很晚才用了笔名"简明"
最后的诗集名称《简单》
你把样书先送我一本
没为你写一篇评论
不是不想写，你知道我一向很懒

也怪你走得太急太早
美酒加美女，熬夜
伤胃，伤肾，伤肝

曹增书

一张娃娃脸不显老

两只小眼睛眯眯笑

该怒时，未见你怒

该恼时，未见你恼

你小子，胆子却不小

竟敢太岁头上动土

合该判你三年牢

劫后余生，还是眯眯眼

诗比从前多，更比以前好

突发心梗，你去了

妻子痼疾缠身

可怜女儿还小

宋克力

洪波是我好朋友
你和洪波如兄弟
一群写诗的年轻人
在任丘，物以类聚

最后一面竟是你的遗容
陡峭的额头，嶙峋的脸颊
硬邦邦如我的心一样冰冷
远近的抽油机都在鞠躬
向可怜的夭折的诗人致敬

宋克力啊宋克力
每当我仰望夜空
总觉得有一颗星星是你

那些年，那些人，那些事　边国政短诗选

185

赵立山

初识于云南老山前线
二十七军的文化干事
虽着戎装，慈眉善目
南人的儒雅难掩于彪悍

再见已是河北省文联
在《当代人》编辑部
你写小说也是杂志编辑
厄运黑色的翅膀
将你生命的光芒遮蔽

祸不单行，病魔也拣软人欺
长叹息：一个未完成的小说家
却成了别人作品的主题

第八辑 昆明的云

昆明的云

昆明的云
春城万朵花
无风时是群羊
风起处是奔马

堆起，座座块垒
摊平，万顷轻纱
登徒子看见美色
花和尚找到袈裟
横竖由你，指啥像啥

顺手朝天取个框
用手机拍下来
就是一幅水墨画

睡美人之一

晨雾初起，薄纱轻绕
你半掩团扇
夕阳轻落，黛眉微蹙
似恼？是怨？是烦？

是谁让你不再梳妆
是谁让你一睡千年
真想轻轻地唤醒你
执子之手，道一声
相见恨晚

至今不敢移步西山
怕我粗俗的呼吸
扰了你优雅的睡眠

睡美人之二

睡美人，安详地仰卧西山
清秀的剪影，胸腹婀娜的曲线
白天，彩云是你的睡衣
夜里，星星亮起守护的灯盏

你在等那个翩翩少年
等得倦了，就睡了，一睡千年
梦到了，他驾鹤飞过滇池
我看见你动了，你笑了
笑声是群鸥点点

我从洪荒而来，很远
走到昆明我老了，只能
远远地望你——爬不上西山

那些年，那些人，那些事 边国政短诗选

昆明是恋爱之都

小伙，随处能采到
带露的玫瑰
姑娘，做的都是春梦
每套服装都是嫁衣

草坪总是青翠
树丛总是茂密
空气温润
不担心口干舌燥，情话
能大声说，也能耳语

我对老伴说，当年
若在昆明，追你何须八年
八天，能拿下乖乖的你

红嘴鸥，不再做候鸟

春天在，夏天在，冬天还在
红嘴鸥，不再做候鸟
滇池美，昆明好
一年四季，你不想离开

水清、草绿、天蓝、云白
争相投食的游人更可爱
毛羽油亮，脑满肠肥
常见你在运粮河边打盹
吃饱了，远方的梦不再

住久了，入乡随俗
有几分云南人的憨
有几分老汉我的呆

故地重游

找不到蝴蝶泉近邻的村落
找不到溜平水洗的石板路
腰肢婀娜的白族姑娘，换上
露肩的吊带裙，开线的牛仔裤

蝴蝶泉看不见一只蝴蝶
三圣塔下没有顶礼的信徒
虔诚有价，金钱约等于香火
功德箱个个开口提醒
"一分钱一分福，多投多福"

人老了，不宜故地重游
别让青春的心跳
没入失望的归途

找不到从前

除了名字，都是新的
房屋，街道，路边的树
甚至天上的云朵
也不是当年的画图

三圣塔，蝴蝶泉
离大路变得很远
走上来气喘吁吁
是道路改了位置
还是老迈的腿不如从前

穿白族服装的小姑娘
贴上来请求合影
一次收取五元钱

再见喜州

探进洱海半边身子
喜州原来是个半岛
荷塘苇丛中，渔船
在港湾里一漂一摇

而今，到处是屋宇厅堂
广告、招牌、震耳的音响
汗味、厨房味、脂粉味
游人寻找民宿
汽车寻找停车场

将军府、状元第，难找
躲在商铺酒肆的阴影里
门口四个大字：参观买票

品不出当年的味道

把金黄的窝头切成片
放在炉盖上烤
捧一本《唐诗三百首》
半生不熟的嚼

卖炭翁黑，杨玉环白
温泉水滑，得用多少肥皂
诗仙、诗圣、诗鬼、诗翁
初一寒假的新相识
我最为李白倾倒

而今，在手机上读诗
不用吞咽和咀嚼
没了当年的味道

中秋的月亮

天上中秋的月亮
不是故乡的一轮

故乡的月亮有影
祖母脸上的皱纹
故乡的月亮有味
母亲怀里的甜馨
故乡的月亮有声
墙角的蟋蟀，小河的蛙鸣

天上的月亮很远
故乡的月亮很近
远的照我无眠
近的照我泪眼

晨　雾

清晨，好大的雾
模模糊糊的
朦朦胧胧的
影影绰绰的
沉沉闷闷的

响几声雷多好
下一场雨多好
刮一阵风多好
蹦出来大太阳多好

你说早晨起雾
是晴天
我嫌晴得太慢

那些年，那些人，那些事　边国政短诗选

自由不是

自由不是

父亲口袋里的糖果

想何时给你，就何时给

想给你多少就给多少

自由不是两节课间出操

哨声一响

又得跑回教室坐好

自由不是高墙内放风

左边管教，右边管教

父亲的手插在衣袋里

衣袋里有没有糖果

你不知道

朋　友

每天浏览朋友圈
朋友已分成两类
一类为明天织梦
一类向名利追讨

展示精神的
经常被屏蔽
时而被封号
追求物欲的
志得意满，大行其道

聚首时仍是你好我好
有的是旧情的延续
有的是息息神交

那些年，那些人，那些事　边国政短诗选

超级月亮

超级大、超级圆、超级亮
天文家说得不错，超级月亮
每个看它的人，都觉得
这月亮离自己最近，自己最沾光

无论远近，看到的是同一个月亮
能看清那只捣药的玉兔
看清嫦娥，还有吴刚
今晚能看得最清楚
今生最后一次看超级月亮

我看见仰首望月的你了
你也望见我了吧——
今夜，月亮是你我的红娘

无　题

云聚了又散

风起了又停

天宇如锅盖

没有月亮星星

妄自寄意飞鸟

无意连累青蛙

蝉鸣似更漏

似枯叶婆娑

如果等不来闪电

把雷声憋在肚子里

做个哑巴

闪　电

闪电点亮夜空

照见慌乱的人群

母亲喊孩子回家

残花与落叶缤纷

呼唤闪电，呼唤炸雷

大地有太久的沉闷

来一场暴雨吧

羊群逃离放牧的鞭子

饿狼躲进无主的坟

上帝擦燃一根火柴

要烧掉什么

他自己明白

战　争

战争是谁的游戏
不是我也不是你
谁戴着白手套
摆弄金钱和暴力

穿过云层的导弹
以五倍音速，击穿
母亲干瘪的乳房
让花季少女毁容
击碎孩子的梦和饭碗

兄弟呀，姐妹呀
把我们的手挽在一起
摁下终止键

悼

不该去的去了
该来的不来
既然不肯赏雨
何必虚饰云彩

该卖的不卖
该买的不买
该笑的不笑
该哭的自嗨
天地间，千奇百怪

能走的尽快走吧
不想走的，走不了的
东北话：卖呆

云　雨

天上的云
追着风跑
地上的雨
追着云跑

地上的孩子
追着雨跑
跑着跑着长大
跑着跑着生子
跑着跑着终老

天上的云，不见少
地上的雨，不见少
追雨的孩子，见少

讲　理

我自以为是明理之人

讲了一辈子理

跟天讲，跟地讲

跟君子讲，跟小人讲

跟书中的古人讲

跟墓中的死人讲

跟寺庙的神祇讲

讲了一辈子，终于明白

千万不要讲理

地球是圆的，往相反方向

只要一直走，一直走

走到足够远，就会走到一起

选 择

思考就是选择
判断就是选择
提问是别人的选择
回答是自己的选择

行为是选择的结果
善恶，是非，得失
得失，是非，善恶
你怎样选，怎样做
种什么因，结什么果

人生皆咎由自取
因为，在每一个路口
都有第二种选择

那些年，那些人，那些事 边国政短诗选

珍爱生命

我反对自杀和他杀
生命是造物的恩赐
和机缘，谁也无权
对生命自毁和践踏

凭吊恐龙，爱护蝼蚁
佑护每一片叶每一朵花
不要战争和屠戮
万物皆有性灵，爱惜
一粒粟，一根线，一片瓦

贪婪和奢侈，可耻
珍爱生命，敬畏自然
人类该检讨所谓"文化"

笑

查字典里的笑
一共多少词条
只能请 AI 帮忙
画出笑的表情包

狂笑，奸笑，憨笑，傻笑
苦笑，痴笑，假笑，媚笑
浪笑，谄笑，嘲笑，窃笑
似笑非笑，皮笑肉不笑
笑里裹密，笑里藏刀

从初一防到十五
她莞尔一笑
喂你蒙汗药

关于毛笔字

说的不是书法
是毛笔字
从来未握过毛笔
从小学到而今八十

小学教过写大字
有过米字格和毛笔
作业总是求二嫂代写
怕被老师看破了，让她
别写得横平竖直

世上那么多书法家
二嫂若活到今天
卖字，生意也不会差

我承认，我不文化

我说吃是为强身续命

你说猪肉有八十种做法

我说穿是为御寒遮羞

你说能打一千个褶，绣一百朵花

我不懂饮食文化

我不懂服饰文化

我不懂理论文化

你用一千篇论文，证明

"一匹马，只有一条尾巴"

我不懂资本的魔法，我只需

食果腹、衣蔽体，屋能遮风挡雨

文化由你，吃个萝卜也雕成花

那些年，那些人，那些事 边国政短诗选

213

人工智能

马斯克，奥特曼

开创科技新纪元

不听躲不过

耳朵起老茧

人工智能，机器人

要抢人类的饭碗

甚至将终结人类

训练他们时，难道

没投喂何为恶，何为善

我只坚信一点

若你想取代上帝

上帝，一定把桌子掀翻

索性做个透明人

黎巴嫩，电器爆炸
惊了我，惊了你，惊了他
死神不再扇动翅膀
随时，以量子的速度到达

大数据，偷窥和监听防不胜防
手机，电脑，电视机甚至空调
是眼睛，耳朵，万物互联一张网
你私处的痣和疤，夜里的梦话
你藏酒的度数，你的性取向

你是牵线木偶，盲人瞎马
既如此，索性做个透明人
纯洁如婴儿——一丝不挂

过分的自尊来自童年

从乡下到城里也一样

很怕见到小伙伴的家长

他们与我哥哥姐姐同辈

叫叔叔阿姨我觉得吃亏

不串门成了一生的习惯

春节拜年也成了负担

有些年初一锁门拒不见客

那几年误入官场

更显得格格不入，形只影单

想起来真是愚钝得可笑

上级的家我从未去过

就是办公室，也非召不到

一只蚂蚁的一生

一只蚂蚁东走走西窜窜
忙忙碌碌，在院子里
阳光祥和，无风。高耸的
院墙，对它不是牢狱

它找到一粒小米，喜极
用力往前推，累了，停停
改为往后拉，停停，喘口气
跑过来一只鸡雏，猛地一啄
吞下米粒和死不撒手的蚂蚁

我的卷烟刚吸了三口
蚂蚁走完悲喜交加的一生
抛下娇妻和嗷嗷待哺的儿女

风　筝

以为又见到久违的你
我尊敬的苍鹰
在午后昏昏欲睡的天空
添一道动人的风景

你不盘旋也不冲高
在对面楼角的天空
原来是一只纸鸢，也好
总胜过滇池畔的红嘴鸥
那些只知道乞食的鸟

放风筝的人啊，这么热的天
你是放飞对自由的向往
还是独享操控自由的陶醉

登峨眉

杜甫登泰山
一览众山小
登峨眉才发现
泰山只是老幺

站在峨眉金顶
看黄山那么小
看华山那么小
只有八百里昆仑
能与峨眉比高

高处不胜寒
比起天上宫阙
我更爱鸡鸣犬吠的人间

寄阿 Q

没有比鲁镇
更好的去处了
有房檐的地方
都是你家

别写日记，不小心
会写成狂人
别和小 D 打架
你的辫子剪不掉
谁想抓就抓

冷得睡不着时
抱一只野猫，入睡
会梦见王妈

乡　音

一旦离开耳朵

就种进了心里

离得越远

种得越深

用泪水浇灌

用烈酒浇灌

每夜在梦里开花

白天结沉沉的果

当夕阳秋雨季风和雁阵

它拔节生长摇你的心旌

每个离乡漂泊的人

分泌这种激素——乡音

铁树开花

——读《曼晴诗选》

春天有桃花

秋天有菊花

冬天有梅花

春雨，秋霜，冬雪化

无奈花有花办法

您却将身作铁树

数十年心血

凝作一枝花

四十年上上下下

五十载诗笔生涯

一株花

孕育一个花甲

半世纪风雨

收在一枝上挂

深秋的沉默

最后一批南飞雁

留下一冬难堪的寂寞

喊了一夏天的青蛙

忙着上岸打洞做窝

啄木鸟敲一串省略句

是森林最后的演说

山腰倔强的老枫树

燃起一团孤独的火

剥光叶子的榆和槐

盘虬的根紧紧相握

小溪放慢奔跑的脚步

决定和秋天一起，沉默

棋盘岭

宋太祖是博弈的行家
一着棋赢了个家天下
不料子孙越走越离谱
将士相输给了卧槽马

历史不仅留下一段传说
还有一整套弈棋的方法

你听夕阳里呼啸的山风
仍传来棋盘上起伏的声杀

相　望

蜘蛛隔着蛛网
对世界张望
以为
世界全在它的网里

世界看这蜘蛛
网里
只有蜘蛛自己

遮

太阳不只属于地球
也属于别的星
它燃烧
不是为了给地球以光明

乌云怎能遮住太阳
——地球上的云
遮住的只是
盲信者自己的眼睛

紫　薇

窗外的紫薇，开得
正旺，正艳
像爆燃的火把
幸福的人生如紫薇
一朵是一寸年华

或者不幸，当暴雨
裹着狂风，花容变色
孤单而无助
一捧冷泪
又向谁边抛洒

无　题

你站在桥上看风景

看风景的人在楼上看你

我既不上桥也不登楼

让自己深深地沉入水底

看天，看云，一株草，一棵树

地上的牛马，天上的飞鸟

看桥上来去匆匆的人流

看你们在水面的倒影

光怪陆离，各有千秋

早就看腻了，欲去还留

有几条小鱼做窝

在我的衣袖

自　传

老矣，常常想起许多人
亲的疏的活着的死了的
每个人都是一面镜子
把我自己观照

不记得有难忘的痛苦和不幸
记得的都很适意温馨
淡淡甜甜暖暖的味道
爱过和被爱，没有过仇恨
仇恨是一剂毒药

本想做一滴水，一粒沙
却成了跌落的鹰隼
遗落地上的一片羽毛

第九辑 未可遗忘之诗

开前堡

张北县城东南三十里

一个依山傍水的乡村

说是山，多说也高不过十丈

说到水，一秒钟流不满一盆

土建系的周礼东，无线电系曾炼

工物系的王戌生和金永杰

水利系的我和自控系的小崔

开前堡迎来的六个新农民

在清华的档案里，各有各的软肋

住在村东头原先的队部

推荐周礼东为首，金永杰财务

有事集体商量，大事各自作主

六口之家

周礼东个头高格调也高
常用社论语言向我们布道
还想一三五读报二四六讨论
每月至少一次向公社汇报

王戌生总爱"嘿嘿"地笑
金永杰手里放不下教科书
曾炼在院里修他的自行车
小崔推推鼻梁上的眼镜
炯炯双眸，不知向何处扫描

我说大家应该感谢周礼东
有他遮风挡雨，我们才天气晴好
他当会长，我做和事佬

快乐的单身汉

曾炼的自行车派上了用场
这辆车除了车铃处处都响
进城时先推上村西坡顶
然后一路冲下，直到张北城厢

轮流掌勺，没认真安排
谁手头闲着，就来亲近灶台
我的拿手菜是"鱼香土豆丝"
不用鱼，借锅里的铁锈帮忙
满满的鱼腥味不请自来

六条单身汉，六位大厨
熘炒蒸炸凭心绪
开前堡大酒店不论功夫

二工地

新分我的村庄名为二工地
显然是沿用了施工时的叫法
当年安置治理海河的移民
街道五横三竖，院舍统一规划

二工地大队书记叫李玉
大我两岁，有妻有女，高中学历
相处三个月，我们成了朋友
后来他果然如愿以偿进城
在张家口土地局长的岗位退休

细节决定成败，命运取决于性格
同样的气候，不同的树结各自的果
小气候，小环境决定是福是祸

情书一瞥

盖三间土坯房，种一院葵花
养十几只鸡，十几只鸭
再喂上两头肥猪，最要紧的
是和你生一炕像你像我的娃娃

你回信把我好一顿臭骂
你说如果我不打算回城
你就立刻找个男人出嫁
随便我喂多少头老母猪
随便生多少猪仔猪娃

哈哈，要的就是你恼火
要的就是你的怒你的骂
无聊的日子，只好无聊地打发

约法五章

不知道在开前堡要住多久

但是坚信总有离开的一天

为了在过渡期平安无事

约法五章，是六人公认的宝典

不单独到农家做客走访

不施舍更不可受礼欠账

不谈各自的家庭和私事

不问各自的观点派性

不结交村里小媳妇大姑娘

约法五章具体又精彩

一年后我们干干净净地走

一年前我们干干净净地来

两只天鹅

1971 年 6 月 25 日，我记得很牢
这一天邂逅两只吉祥的鸟
三匹马拉着车送我们返县城
头晕脑胀，告别的酒喝了个通宵

快看，那两只天鹅，突然有人大叫
我睁开醉眼，看见这高傲的大鸟
长腿，高昂的脑袋，红红的喙
六月天落雪，雪地里见天鹅
是春天去得太迟，还是你来得太早

天鹅啊，别在我眼前舞蹈芭蕾
让我想起《天鹅湖》和芳草地小学
别用自由和爱情刺激我醉酒的胃

再分配

命运再一次掷骰子
在张家口又一次被分配
谁也没有讨价还价
除了分到电视台的小崔

周礼东到建工局，专业对口
曾炼到张家口师专，教书
分我到汽车修理厂，服从
金永杰和王戌生分到卷烟厂
烟草没有放射性，但是有毒

小崔学的是自动控制专业
到东山去看守电视转播天线
天线很自控，小崔很清闲

地　震

摇晃的床板把我惊醒
屋顶的灯管和吊扇在摇
推醒老婆又去敲邻居的门
"地震了，地震了"往楼下跑

人们拥挤在楼下，七嘴八舌
震源在哪里，远不远
谁也说不清，谁也不知道
六五年邢台震过，又来了
胆大的索性回家睡觉

白天，照常去上班，说是唐山
没说灾情有多惨
救灾有多难

防震棚

第一次觉得单位这么给力

架子板，席子，油毡，铁丝

高高地装满一辆三轮车

从东南角到西北角，蹬了一小时

搭窝棚的技巧我基因里有

水源街上，我的防震棚堪称一流

地铺上一溜能睡八个人

我爱人的闺蜜李秀芳母女

化工公司谢经理一家四口

大街小巷挤满了防震棚

五颜六色，七歪八扭

石家庄成了石家窝棚

命　运

未婚，那时我朝气蓬勃
拿起笔能写稿，放下笔干活
依旧见着领导绕着走
车间内外，总与小青年掺和

公司篮球队——有我
组建排球队，足球
可惜，会踢的人不多
写文艺演出稿、黑板报
都说，这个大学生不错

地区运输公司汽车修理厂
唯一没整过我的单位，唯一呀
诸位看官，我的运气怎样

那些年，那些人，那些事　边国政短诗选

243

自行车之一

公元一九七一年，北京
我买了第一辆自行车
花掉近三个月的工资
摸着黑亮的车身，高兴

孩子在前
老婆在后
自行车上的三口之家
穿街走巷
是当年独有的风景

自行车是你的知己
哪儿哪儿你去了
哪儿哪儿你没去

自行车之二

中国的自行车洪流
是令人生畏的大潮
无论汽车、马车、手推车
都得给自行车让道

不烧油，不费电
双脚一蹬十里半
能走阳关道
能走独木桥
也能扛在肩上跑

你好，自行车，你好
我把你物尽其用
你伴我，直至终老

自行车之三

张三买汽车了，李四买汽车了
全中国五亿人考了驾驶证
我还骑着老式的自行车
顽固不化，一意孤行

一生买过八辆自行车
五辆新车，三辆二手货
五辆骑废了，三辆仍在
乳山银滩一辆，石家庄一辆
最新的一辆放在昆明

双脚驱两个轮子
一个轮子是自由
一个轮子是修行

自行车之四

中国已驶入汽车时代
自行车成为城市的流民
共享单车都安上电池了
骑车的多数为了健身

唯有我仍爱你的自由
可以在拥堵缝隙顺畅行走
有时闯红灯，有时逆行
不怕满大街的电眼
没有车牌和驾照，我怕个球

纵使马斯克往火星移民
只要我活着，地球还在
我还是那个骑自行车的人

冲浪诗社

十根手指伸出来

有粗有细，有高有矮

姚肖边刘伊

逢张何郁白

冲浪，浪即冲你

人生如逝水

有浪有风采

因势所导，谁傲立潮头

顽冥不化，谁向礁岩拍

面朝大海，春花开

今生等不到心仪的那朵

下辈子再来

旭　宇

平视，俯视，仰视
选怎样一个视角
身量，你比我矮
才学，你比我高

书界诗坛领风骚
不自居，仍低调
也曾年节酬答
也曾登门求字
屡屡获赐墨宝

何时闲暇
仍寻旧幌
半杯刚刚好

苗雨时

第一次相识在山壁办公室
你与王燕生一起由桂林回来
无比兴奋，两眼放光，说坚冰
已破，诗坛就要春暖花开

想不到此后交往这么频繁
更多的时候与诗无关
爱听你谈诗论人，每次分手
都意犹未尽，期待下一次
下一次尽兴推杯换盏

透露一句诗坛的民谣
评论家老苗，老苗
从来不捧臭脚

挂念叶文福

刚写了《将军,不能那样做》
转身去长安街修理坦克
可惜了一手好牌
人家胡了一条龙,清一色

还好,诗心难改
还好,军装未脱
酒酣耳热时,清醒
这不能说
那不能做

蒙太奇,闪闪烁烁
庆幸那个岁月,那个
岁月庆幸,有你有我

那些年,那些人,那些事 边国政短诗选

戏赠穆涛

你的朋友圈
我不常看
偶尔扫一扫
保持新鲜感

总记得离宫晨读的小子
北戴河，香掌下的痴汉
早已刮目相看了
刮去我白内障
刮成二五眼

我要多活几年，等你
演一出刘邦还乡
演给我，演给燕山

王军旗

谁能有你交友广
大江南北，太行东西
谁能有你藏品多
军品、算盘、奇石

朋友三千挚友七十
有信陵孟尝之风
有伯夷叔齐之志
供朋友佐酒的，还有
你写的诗，你填的词

要说有什么不尽人意
你拿出的好酒太多
我喝起来有些吃力

打　架

空有一身腱子肉
从未尽兴发挥
出手轻，怕难以制敌
出手重，怕对方索赔

从未单枪匹马上阵
总是给同伴助威
一次在承德，两次在北京
从后面抱住对方最壮的
让同伴或拳或掌，受累

凭一张嘴足以自卫
给我泰森的拳头
也是浪费

象　棋

楚河汹涌

汉界诡异

我严防死守

你奇兵突袭

不守规矩

象不飞田

马不走日

轰隆隆，还有

带炮的车

我认输

我封笔

我出局

黑　洞

黑洞是宇宙的垃圾桶

用来存放坏掉的星

星星也难免腐败变质

祸自星星上的物事，譬如人

黑洞离我们的太阳有多远

测量过的人叫爱因斯坦

我更相信康德和哈耶克

不要用你的眼睛，要用心

没有心，眼睛什么也看不见

要相信正义能改变时间

看似平稳的河流，说不定

下一秒就是深渊

读这些诗

说不好的，庸常之见
我也苟同，切莫喧哗
说好的，慧眼独具
别耳语，好话不怕声大

谁不喜欢被人夸
等有了稿酬，请你
到伦敦，去喝下午茶
让狄更斯作陪
再叫上莎士比亚

别轻信许诺，小心有诈
小心，再幽你一默
哈哈，哈哈，哈哈哈

那些年，那些人，那些事 边国政短诗选

257

一本打开的书

——瞻仰中南海毛主席卧室

一本打开的书守在枕头旁

主人刚刚离去，来不及合上

一本未能读完的书

一套没有终结的思想

还有一部未完成的手稿

摊开在中国的大地上

一切都留给后人了

沉重的主题，坎坷的前程

怎样突围，谁掌握方向

历史不会终结

当我们接着写下去

才掂出这支笔的分量

示 儿

边四方
方四边
四方边
四边方

你的小名叫元元
希望你内圆外方
外向方正，内里圆通
规矩，顺遂，圆满
平平安安，地久天长

切莫如我，只一角
如锥，坐地向天
倒过来，就会倒

知天命

在张北县当过农民
在石家庄当过工人
三十七岁入文联到退休
与文人在一起厮混

人都图利，都有私心
文人的自私与工农不同
言不由衷，文过饰非，口蜜腹剑
台上冠冕堂皇，心里——不说也罢
读他文章，看他人品，判若两人

五十岁以后，我便与世无争
已经确定无疑地知道
自己在骨子里就是平民百姓

百年之后

人生百年，何幸
人间给我十几种职业
几十种身份
一千副面孔

我是什么，我是谁
谁能说得清
说过的话，写过的字
一阵风吹散
档案在风里，似清非清

百年之后，不立碑，不留骸骨
那一捧轻灰，将成为地球
之熵，在无尽的宇宙，穿行

那些年，那些人，那些事
边国政短诗选